I0686352

# TRAITEMENT

DES

# ABCÈS FROIDS SYMPTOMATIQUES

PAR LA

# MÉTHODE ANTISEPTIQUE DE LISTER

PAR

## Th. VALADIER

Docteur en médecine de la Faculté de Paris.

PARIS

A. PARENT, IMPRIMEUR DE LA FACULTÉ DE MÉDECINE

31, RUE MONSIEUR-LE-PRINCE, 31

—

1879

# TRAITEMENT

DES

# ABCÈS FROIDS SYMPTOMATIQUES

PAR LA

# MÉTHODE ANTISEPTIQUE DE LISTER

PAR

## Th. VALADIER

Docteur en médecine de la Faculté de Paris.

PARIS

A. PARENT, IMPRIMEUR DE LA FACULTÉ DE MÉDECINE

31, RUE MONSIEUR-LE-PRINCE, 31

1879

A. MES PARENTS

A MES AMIS

A MON PRÉSIDENT DE THÈSE :

# M. LE PROFESSEUR PANAS

Professeur de clinique ophthalmologique,
Chirurgien de l'Hôtel-Dieu,
Membre de l'Académie de médecine.

TRAITEMENT

# DES ABCÈS FROIDS SYMPTOMATIQUES

PAR LA

## MÉTHODE ANTISEPTIQUE DE LISTER

---

## INTRODUCTION

Avant que le professeur Lister eût vulgarisé la méthode
de pansement qui porte son nom, tous les chirurgiens
étaient d'accord pour reconnaître les dangers qui résul-
taient de l'ouverture à l'air libre des abcès froids symptomatiques. Malgré les précautions prises, malgré l'habileté
des opérateurs, l'ouverture de ces collections purulentes
n'était souvent qu'une étape rapprochée de la mort.

Une fièvre infectieuse en était la conséquence ordinaire;
la suppuration devenait fétide, les malades affaiblis de
longue date et n'ayant pas une force de résistance suffi-
sante succombaient dans le marasme, à moins qu'une pyohémie caractérisée ne vînt encore plustôt terminer la scène.

Lorsqu'il y a lieu de les ouvrir, les abcès froids, qu'ils
soient symptomatiques ou idiopathiques, sont traités avec
avantage par la méthode antiseptique. Si nous ne nous occu-
pons dans ce travail que des abcès froids symptomatiques,

c'est qu'il nous a paru évident que le mode de pansement qui fait en grande partie disparaître les accidents attachés à l'ouverture de ces collections pnrulentes trouvait *à fortiori* son application dans les cas plus favorables d'abcès froids idiopathiques.

Nous avons choisi la dénomination d'abcès froids symptomatiques parce qu'elle nous a semblé la plus générale. Elle comprend, en effet, tous les abcès ossifluents, qu'ils soient développés au lieu même où ils ont pris naissance, ou bien que favorisés par la disposition des organes ils se soient fait jour plus ou moins loin de leur point de départ, comme cela arrive pour les abcès par congestion.

Dupuytren (1) dans ses cliniques chirurgicales de l'Hôtel Dieu adopte cette dénomination, et c'est sous ce titre que les rangeait dernièrement M. le professeur Panas (2) dans la Gazette hebdomadaire de chirurgie et de médecine.

Il a publié dans ce journal une statistique des résultats qu'il avait obtenus à Lariboisière en appliquant la méthode antiseptique de Lister au traitement des affection chirurgicales.

Ce sont surtout les idées de ce chirurgien que nous allons développer et c'est dans son service à l'hôpital de Lariboisière que nous avons recueilli les observations qui feront le fonds de ce travail.

Nous ne saurions trop le remercier de sa bienveillance et de ses savants conseils.

(1) Dupuytren. Cliniques chirurgicales de l'Hôtel-Dieu.
(2) Panas. Gaz. hebd. de chirurg. et de méd., 1878.

## DIVISION

Dans un premier chapitre, nous rappellerons brièvement les méthodes si nombreuses préconisées tour à tour pour le traitement des abcès froids symptomatiques, l'opinion des maîtres les plus autorisés sur la gravité de l'intervention, et les fâcheuses conséquences qui s'en sont suivies le plus souvent.

Nous montrerons, dans un second chapitre, les heureux résultats du pansement de Lister prouvés par nos observations et la statistique de M. Panas. Nous exposerons les précautions nombreuses dont il est indispensable de s'entourer chaque jour pour défendre son malade contre toute complication.

Le troisième chapitre sera consacré à l'étude des circonstances dans lesquelles le chirurgien doit trouver une indication à l'ouverture de ces abcès. On comprendra la grande réserve que nous apporterons à la solution de cette question. Nous nous appuierons toujours sur l'opinion des maitres.

Nos observations personnelles et la statistique de M. Panas formeront le quatrieme chapitre.

Le cinquième sera consacré à nos conclusions.

# CHAPITRE PREMIER

DES DIVERS MODES DE TRAITEMENT DES ABCÈS FROIDS
SYMPTOMATIQUES.

Il n'est pas besoin d'insister bien longuement pour établir
combien sont limitées les ressources de la chirurgie en présence des abcès froids symptomatiques ; aussi, malgré le
grand nombre de procédés mis successivement en avant par
les maitres les plus autorisés, bon nombre de chirurgiens
se prononcent encore aujourd'hui, dans la plupart des cas,
pour une expectation prudente.

La thérapeutique de cette affection est restée longtemps
hésitante, et ce n'est qu'à une époque assez rapprochée de
la nôtre que l'on trouve, dans les auteurs, un chapitre spécial pour le traitement de ces abcès. David de Rouen (1), 1779,
le premier s'attache à décrire les abcès par congestion ; il
fut bientôt suivi dans cette voie par Benjamin Bell (2). Les
auteurs anciens, à l'exception de J.-L. Petit (3), n'établis-
saient guère de distinction entre les abcès froids idiopathiques et symptomatiques.

C'est de cette époque seulement que datent les tentatives
sérieuses et fréquemment répétées pour obtenir leur guérison; mais le succès n'y a pas généralement répondu. Les
chirurgiens, frappés des accidents qui suivent en général

(1) David de Rouen, 1779. Dissertation sur les effets du mouvement et du repos dans les maladies chirurgicales.
(2) B. Bell. Of. lumbar abscesses, in system of surg., 1787,
(3) J.-L. Petit. Traités des maladies des os, 1735.

l'ouverture de ces collections purulentes, se divisèrent sur leur traitement ; les uns préconisèrent l'ouverture précoce, les autres déclarèrent qu'il n'y fallait pas toucher ; entre ces deux opinions il en existait une mixte, d'après laquelle il ne fallait les ouvrir que lorsqu'ils étaient sur le point de s'ulcérer.

Il n'est pas étonnant qu'en présence d'opinions aussi contradictoires, de nombreux procédés de traitement aient été mis en œuvre En les envisageant d'une manière générale on peut, à l'exemple de Fourestié (1) les rapporter à six catégories.

Iº *Méthode des ponctions successives.* — La méthode des ponctions successives, préconisée par B. Bell (2) et Abernethy (3), surtout dans le cas d'abcès par congestion, a été généralisée par Boyer (4) qui l'a même appliquée à un cas d'abcès froid symptomatique d'nne lésion des os du bassin.

Dupuytren (5) Roux et Bérard (6) et nombre d'autres chirurgiens, tout en faisant les plus grandes réserves sur les cas où il est nécessaire d'intervenir, adoptent sa méthode et de nombreux perfectionnements y sont apportés.

Boyer ajoute aux ponctions l'aspiration par les ventouses.

Allicot de Montargis (7) fait construire un trocart spécial qu'on enfonce à deux centimètres au dessous de la base de la tumeur.

(1) Fourestié. Études sur les divers traitements des abcès ossifluents externes. Thèse. P., 1876.
(2) B. Bell. Loc. cit.
(3) Abernethy. On the lumbar abscesses. Sirg. Works. T. II.
(4) Boyer. Traité des maladies chirurgicales. T. III, 472.
(5) Dict. de méd. et chir. et prat., art. abcès.
(6) Dict. en 30 vol., art. abcès.
(7) Allicot de Montargis. Gaz. méd. 1834, p. 348.

J. Guérin (1841) propose la ponction sous-cutanée; enfin
l'appareil aspirateur de Dieulafoy permet les ponctions ca-
pillaires sans faire courir le risque de faire pénétrer l'air
dans la tumeur.

Tous ces perfectionnements rendent plus facile et moins
dangereuse l'application de la méthode qui, dans bien des
cas, a rendu de réels services. Nous avons vu cette année
même deux malades, l'un dans le service de M. Panas à
Lariboisière, l'autre dans le service de M. Marchand à l'ho-
pital Temporaire, tous deux guéris par des ponctions capil-
laires de volumineux abcès occupant toute la fosse iliaque
et la racine du nombre inférieur correspondant.

Malheureusement les insuccès sont fréquents, et, comme
exemple, voici une observation que nous trouvons relatée
dans Boyer : t. III. p. 472.

OBSERVATION. — Une cuisinière âgée de 30 ans, bien réglée et d'une
bonne santé habituelle, se plaignait pendant longtemps d'une douleur
sourde et profonde à la partie postérieure de l'os des îles du côté
gauche, sans aucune altération dans la forme naturelle de la partie
souffrante. Dans la suite, cependant, la fesse se tuméfie mais sans
douleur et sans altération de la peau.

La malade peut continuer son état sans être fort gênée par cette
tumeur. Une chute qu'elle fit et qui porta principalement sur la tumeur en produisit l'affaissement; mais il en survint une nouvelle à
la partie postérieure et supérieure de la cuisse qui s'étendit successivement jusqu'auprès du jarret. Quand la malade consulta Boyer,
il y avait plus de 10 mois que la première tumeur avait paru, celle-ci
était d'un volume énorme, vague, occupant toutes les fesses, indolente, sans inflammation des téguments et présentant une fluctuation
profonde. Toute la face postérieure de la cuisse jusqu'au jarret ne
formait qu'une tumeur séparée de la première par le pli de la fesse,
indolente, sans rougeur à la peau et pareillement molle et fluctuante.

En comprimant alternativement les deux tumeurs, on sentait entre-
elles une communication manifeste, la matière se déplaçait et passait
de l'une à l'autre.

(1) Boyer. Loc. cit.

La malade entra à l'hôpital de la Charité. Trois ponctions furent faites successivement avec la lame d'un bistouri étroit à la partie la plus déclive de la cuisse et chaque fois on réunit immédiatement l'ouverture. Celle de la troisième ponction resta fistuleuse et laissa écouler une grande quantité de matière granuleuse qui plus tard devint fétide. C'est alors que la fièvre s'alluma et la malade voyant son état empirer voulut retourner chez elle où elle mourut deux ans après la première ponction.

A l'autopsie, on trouva une carie de la partie postérieure et supérieure de l'os des îles.

Aussi voit-on se produire une opposition assez vive à la méthode des ponctions successives. Poncet (1) dans une thèse sur les abcès en général et plus tard Bechinot (2) signalent les accidents qui suivent le traitement des abcès froids symptomatiques par les ponctions successives et Lévêque Lasource (3), dans le journal de Corvisart, appelle l'attention sur la persistance des trajets fistuleux aprèsla ponction. Laugier(4), dans un article du dictionnaire de médecine et de chirurgie pratiques, condamne cette méthode. Nélaton (5) et Follin (6), dans leurs traités de pathologie externe, tout en l'acceptant dans certains cas, lui font de graves objections ; ils disent qu'on n'est pas toujours sûr d'empêcher l'accès de l'air dans le foyer, et qu'alors même que ce résultat est obtenu, on n'empêche pas l'inflammation de la poche. De plus, on doit craindre la persistance d'un trajet fistuleux. Dans un certain nombre de cas, la présence de grumeaux dans le pus rend impossible l'emploi de l'appareil aspirateur de Dieulafoy.

(1) Poncet. Sur les abcès en général. Thèse, Paris, an IX.
(2) Béchinot Essai sur les abcès par congestion. Th. Paris, 1818.
(3) Lévêque Lasource. Dans le journal de Corvisart, t. XVIII.
(4) Laugier. Dict. de méd. et de chirurgie prat., art. abcès.
(5) Nélaton. Élément de pathologie externe.
(6) Follin. Traité élémentaire de path. externe, t. I, p. .

II. *Méthode des larges incisions.* — Mise en avant surtout par Flobert de Rouen, la méthode des larges incisions fut soutenue par Sare, élève de Bailleul, dans sa thèse inaugurale, 1820. Elle consiste à ouvrir largement l'abcès sans laisser aucun clapier, puis à le bourrer de charpie. Béguin (1), dans son mémoire sur l'ouverture des collections abdominales, cite quelques succès obtenus par cette méthode. Lisfranc l'a employée aussi avec assez d'avantage. Cependant Denonvilliers (2), ancien interne de Lisfranc, se montre peu partisan de la méthode condamnée aussi par Dupuytren (3).

Nélaton (4), Follin (5) ne l'admettent pas davantage et lui trouvent même des inconvénients pour les abcès froids idiopathiques quand ils sont volumineux. Ce qu'on reproche surtout à cette méthode, c'est d'occasionner une trop vive réaction inflammatoire.

III. *Excision de la poche.* — Conseillée déjà par Callisen (6), cette méthode est vantée par Antoine Mosnier (7), dans sa thèse inaugurale. Cette opération avait été faite aussi par Chopart qui n'excisait qu'une partie de la poche. Seutin généralisant davantage, propose l'excision complète de la poche purulente. Ce procédé, qui ne pouvait s'appliquer du reste qu'aux abcès ossifluents externes, nécessite un traumatisme si considérable qu'on ne sera pas étonné de le

(1) Béguin. Journ. hebd. de méd. et de chirurg., Paris, 1830, p. 477, t. I.
(2) Denonvilliers. Dict. des études médicales, in oct., t. I, 1838.
(3) Dupuytren. Cité par Dict. de chir. et de méd. prat., art. abcès.
(4) Nélaton. Loc. cit.
(5) Follin. Loc. cit.
(6) Callisen. Systema chirurgiæ hodiernæ.
(7) Ant. Mosnier. Dissertation chirurg. sur un procédé opératoire.

voir formellement repoussé par la plupart des chirurgiens : Nélaton, Follin, Denonvilliers, etc.

4° *Méthode des injections*. — L'idée d'amener une réaction salutaire en injectant dans la poche des abcès un liquide irritant est ancienne. Fabrice d'Aquapendente (1) recommande les injections d'oxymel, de vin, pour nettoyer le pus qui croupit dans les clapiers. B. Bell (2) les pratiqua aussi dans la poche des abcès lombaires et à plusieurs reprises Dupuytren a injecté du vin chaud dans la cavité des abcès froids. En Allemagne Ruit injectait de l'eau bouillante et Shaack des solutions de nitrate d'argent.

Mais c'est surtout depuis les travaux de Boinet (3) sur l'iodothérapie que cette méthode a été employée. Le premier travail qu'il a publié avec Abeille sur ce point est de 1849. Depuis, il a montré à l'Académie et à la Société de chirurgie des malades guéris par des injections iodées d'abcès froids symptomatiques.

Ces injections auraient d'après lui un triple effet : 1° exciter les parois de la poche ; 2° empêcher la putréfaction des liquides ; 3° modifier directement l'os malade.

A l'appui de son opinion il cite à la page 726 de son traité d'iodothérapie un certain nombre de guérisons.

Carie de l'articulation coxo-fémorale droite avec abcès par congestion, guérison, ankylose.

Abcès froid résultant d'une carie du sacrum guéri par huit injections iodées. La tumeur ne contenait que 40 grammes de pus.

Carie de la crête iliaque gauche. Abcès par congestion

(1) Fabrice d'Aquapendente. Peutal path., p. 20.
(2) B. Bell. Loc. cit.
(3) Boinet. Iodothérapie.
(4) Gazette des hôpitaux, 1852.

Valadier.                                              2

contenant 1400 grammes de pus, trois injections iodées, guérison.

Luxation spontanée de l'articulation coxo-fémorale sur un enfant de huit mois. Abcès, guérison en quinze jours.

Mais plusieurs de ces guérisons lui furent contestées. En 1852 à la Société de chirurgie séance du 21 avril, Robert rapportait deux cas d'insuccès et Deguise un troisième. Guersant aurait été plus heureux ; mais chez un malade des accidents d'une telle gravité se déclarèrent après la première injection qu'on fut obligé d'y renoncer, Roux (1) n'a jamais obtenu de guérison, mais il croit les injections capables de produire une certaine amélioration.

Follin (2) Denonvilliers (3), Chassaignac (4), tout en approuvant avec une certaine réserve la méthode des injections iodées ne pensent pas qu'elle mette à l'abri d'accidents et sont d'avis qu'on n'obtient de résultats favorables que dans le cas de collections purulentes de petit volume

Quant à Laugier (5), il la condamne absolument.

Le docteur Pain (6), dans sa thèse, les critique aussi et rapporte deux cas d'injections iodées suivis de mort rapide dans le service de M. Voillemier.

5° *Méthode des caustiques.* — Elle a été particulièrement étudiée dans ces dernières années par le Dr Fourestier (7), interne de M. Léon Labbé, dont il reproduit en partie les idées dans sa thèse inaugurale. Après avoir reproduit et commenté les différents traitements des abcès ossifluents

(1) Roux. Gazette des hôpitaux, 1822. Séance du 12 mars.
(2) Folin. Loc. cit.
(3) Denonvilliers. Dict. encyclop.
(4) Chassaignac. Traité pratique de la sup., et du drainage chirurg. T. I, p. 561.
(5) Laugier. Dict. de méd. et de chirurg. pratique.
(6) Pain. Th. Paris, 1857.
(7) Fourestier. Loc. cit.

· externes, il expose un procédé particulier de la méthode
des caustiques dans un historique fort bien fait, il nous
montre l'ancienneté de cette méthode remontant à Hippo-
crate qui, selon les cas, ouvrait les abcès avec le feu, le fer,
ou les caustiques.

Clare en 1775, David de Rouen, 1764, Souchotte (1)
Dupuy, Bonnet de Lyon employaient tous les caustiques
seulement pour ouvrir la poche. Mais cette pratique est bien
loin d'avoir reçu l'approbation de tous les chirurgiens.

Roux Bérard, Dupuytren la repoussent, Denonvilliers et
Laugier dans des articles de dictionnaire ne l'accueillent
pas avec plus de faveur. Follin et Nélaton ne lui sont pas
non plus favorables. Boyer lui-même qui l'avait d'abord
acceptée n'a pas tardé à l'abandonner. On trouve dans un
traité t. III, p. 475, l'observation suivante qui fait bien res-
sortir les inconvénients de ce genre de traitement.

Moreau Boutard (2) propose après l'ouverture de faire

OBSERVATION. — Un homme âgé environ de 50 ans, vient consulter
pour une tumeur située à la partie postérieure droite du bassin au-
dessous de la tubérosité de l'os ilion. Au bout de deux mois la tumeur
avait augmenté de volume, s'était ramollie et présentait une fluctuation évidente

C'est alors qu'on ouvrit la tumeur par l'application de la potasse
caustique et l'incision de l'eschare. Il s'écoula une grande quantité de matière sanieuse, inodore, et pendant un mois un écoulement abondant de pus se soutint sans être accompagné d'aucun
phénomène remarquable. Ensuite la sanie devint ichoreuse et fétide.
La fièvre lente et le dévoiement survinrent et le malade mourut dans
le marasme environ trois mois après son entrée à l'hôpital.

A l'autopsie on trouva une carie de l'épine postérieure de l'os des
îles, un trajet fistuleux s'étendait depuis l'ouverture extérieure jusqu'à l'épine postérieure de l'os des îles en passant devant le grand
muscle fessier.

(1) Souchotte. Essai sur l'ouverture des grands dépôts. Th. Paris,
an IX.

(2) Moreau Boutard. Essai de nouveaux procédés pour obtenir le
recollement dans les foyers purulents, Journal de chirurg., t. II
p. 358. 1844.

avec le bistouri des scarifications sur la face interne de la poche.

Le Dr Pineau (1), dans une thèse sur les abcès en général préconise la cautérisation au nitrate d'argent. Valette(2) emploie pour les abcès ossifluents externes le séton caustique.

Le procédé de M. Labbé (3) diffère de ceux-ci en ce qu'il consiste à détruire avec les caustiques la moitié externe de la poche tout en modifiant l'autre, mais il ne met pas cependant à l'abri des accidents et l'ouverture qui résulte de l'application des caustiques, malgré les modifications que l'on fait subir à la poche, nous paraît devoir dans bien des cas déterminer une vive inflammation. De plus, cette large surface suppurante, en communication avec l'air extérieur, doit être assez souvent le point de départ d'affections septiques. Sur les sept malades traités par cette méthode, deux ont succombé et l'un avec des frissons répétés moins d'une heure après l'ouverture de la collection purulente.

Elle a aussi l'inconvénient de ne pouvoir s'appliquer qu'aux abcès ossifluents externes, de donner des pertes de substances longues à se réparer et de laisser des cicatrices plus ou moins difformes.

*Méthode du drainage.* — Etudiée et vulgarisée par Chassaignac (4) qui lui a fait prendre dans la thérapeutique chirurgicale la place qui lui convient, cette méthode a été appliquée aussi au traitement des abcès ossifluents. Les résultats n'ont pas toujours été favo-

(1) Pineau des abcès en général. Th. P., 1859.
(2) Valette. Clin. Chirurg. de l'Hôtel-Dieu de Lyon. Paris, 1875.
(3) Labbé. In th. Fourestier, p. 52.
(4) Chassaignac, Traité de la sup. et du drainage.

rables, et si dans le traité de la suppuration on trouve un certain nombre de cas dans lesquels le drainage a amené une amélioration, quelquefois même la guérison, la mort a été dans un grand nombre d'autres la conséquence de l'intervention. Il est facile de s'en convaincre par l'examen de quelques observations.

Observation 200. Abcès par congestion lié à une carie des 7, 8, 9 vertèbres dorsales. Ouverture du foyer, accidents généraux, mort. Observation 201. Mal de Pott. Abcès par congestion multiples, drainage, mort.

Observation 202. Abcès par congestion bi-inguinal dépendant d'une altération des vertèbres. — Echauffement de l'abcès, emploi du drainage ; amélioration puis mort.

Au reste pour juger la méthode, nous croyons ne pouvoir faire mieux que de citer textuellement les paroles de Chassaignac: (1) « Le drainage appliqué au mal de Pott ne nous a pas toujours donné des résultats favorables ; non, mais l'expérience ayant démontré que l'ouverture des abcès par le bistouri était constamment suivie d'accidents graves et même mortels, on pourrait avoir peine à comprendre qu'il en soit autrement de l'ouverture de ces abcès par le drainage. Or, nous tenons avant tout à établir que le drainage n'agit point du tout à la manière de l'incision, et que s'il ne guérit pas dans un certain nombre de cas, il a du moins l'avantage d'être inoffensif.

Avec le drainage nous n'avons ni putridité du pus, ni infection putride et cela prouve que le drainage est tout simplement un moyen de canalisation qui s'oppose au croupissement de la suppuration. »

Chassaignac joint aussi les lavages répétés et quelque-

(1) Chassaignac. Traité de la suppuration. p. 575, t. I.

fois même les injections iodées à l'emploi du drainage. Malgré ces précautions les insuccès de la méthode sont toujours nombreux.

# CHAPITRE II

## DE LA MÉTHODE ANTISEPTIQUE APPLIQUÉE A L'OUVERTURE DES ABCÈS FROIDS SYMPTOMATIQUES.

Nous venons d'examiner les nombreuses méthodes qui ont été tour à tour mises en usage pour tenter la guérison des abcès ossilluents, et cet aperçu rapide nous a permis de constater combien les opinions étaient diverses sur le choix des moyens à employer.

De plus, quel que soit le procédé qui ait été appliqué, quel que soit le chirurgien qui l'ait appuyé de son savoir et de son expérience, il nous a été facile de trouver dans chacune de nombreuses causes d'insuccès. C'est ce qui a permis à Gerdy de dire : « Il est difficile de porter un jugement sur les éléments divers de thérapeutique des abcès ossifluents ; ils guérissent par divers moyens ; mais leur valeur relative suivant les cas où l'on peut les employer n'est pas déterminée exactement.

Nous constatons en effet qu'aucun des moyens employés ne remplit exactement les conditions voulues pour éviter toute complication.

Les meilleures méthodes comme celles des ponctions, des

(1) Gerdy. Chirurg. pratiq., t. II, 192.

injections, du drainage ne remplissent qu'une partie des indications.

Les ponctions sont faites dans le but d'éviter l'entrée de l'air et l'inflammation de la poche. Malgré tous les perfectionnements dont elles ont été l'objet, elles ne remplissent pas souvent leur but et donnent même lieu dans un certain nombre de cas à l'établissement de véritables fistules qui font librement communiquer l'air extérieur avec la poche de l'abcès.

Les injections iodées n'empêchent pas, comme on l'avait espéré, la décomposition du pus et les insuccès de la méthode sont nombreux. Parfois surviennent des accidents rapidement graves comme chez les deux malades du D' Voillemier dont l'histoire est rapportée dans la thèse du D' Pain.

Le drainage qui au dire de M. Chassaignac échoue si sou vent dans le traitement des abcès froids, n'est pas aussi inoffensif que le prétend cet auteur, ainsi que le prouvent les observations nombreuses qu'il rapporte dans son traité de la suppuration.

Les autres méthodes réalisent plus imparfaitement encore les conditions à remplir pour se mettre à l'abri des graves complications qui sont si souvent la conséquence de l'intervention chirurgicale dans les cas d'abcès froids ossifluents.

Quelles sont donc ces conditions et comment les remplit le pansement antiseptique de Lister ?

Elles sont au nombre de deux principales : Premièrement éviter l'entrée de l'air dans le foyer de l'abcès ou tout au moins n'y laisser pénétrer qu'un air absolument pur (nous expliquerons ce que nous entendons par là dans la méthode antiseptique.) Deuxièmement éviter la formation de clapiers

(1) Pain. Loc. cit.
(2) Chassaignac. Loc. cit.

dans lesquels se collecte et croupit le pus, assurer le dessé-
chement complet de l'abcès. C'est par le drainage que ce
dernier résultat est obtenu. C'est en remplissant ces condi-
que l'on peut, sans craindre des complications, ouvrir les
abcès ossifluents.

Nous ne voulons pas dire par là que nous comptons tarir
la suppuration par le pansement antiseptique tant que persistent les lésions osseuses.

Il est naturellement de rigueur, pour que la guérison
complète se produise, que la lésion osseuse soit en voie de
réparation et c'est affaire au traitement général que de
hâter ce moment. Dans certains cas cependant la lésion osseuse est assez superficiellement placée pour être atteinte
directement par le chirurgien après l'ouverture de l'abcès,
comme nous en citons plusieurs exemples, et on peut alors
agir directement sur l'os par rugination et résection.

Mais là n'est pas le point que nous cherchons surtout à
établir ; nous voulons surtout montrer que, grâce au pansement de Lister, on peut faire l'ouverture d'une vaste collection purulente symptomatique sans craindre ni l'inflammation de la poche, ni les accidents fébriles, ni surtout les
redoutables complications de l'infection purulente et de
l'infection putride,

Nous avons à l'appui de notre opinion les onze observations de la statistique qne M. Panas a publiées sur les résultats obtenus, en 1878, dans son service.

Nous y ajoutons les cinq faits que nous avons observés
personnellement. Ce qui nous donne un total de seize cas
d'abcès froids symptomatiques dont plusieurs dus à des lésions de la colonne vertébrale et d'un volume considérable.
Tous ont été traités sans accident par le pansement de
Lister et beaucoup même ont guéri apyrétiquement.

Certes, dans un certain nombre de cas, la persistance de

l'altération osseuse n'a pas permis une guérison rapide et quelques malades ont même conservé des trajets fistuleux. Mais les accidents septiques, la décomposition putride des liquides, l'inflammation de la poche ont été complètement évités. Ce résultat est à notre avis assez important pour appeler l'attention des praticiens qui sont quelquefois forcés par la marche de la maladie, en présence d'accidents de compression, d'intervenir dans un cas d'abcès froid symptomatique.

Depuis longtemps les chirurgiens attribuent à l'entrée de l'air dans la cavité des abcès ossifluents les accidents graves qui sont la conséquence de l'intervention, et dans la méthode des ponctions successives nous avons vu de quelles nombreuses précautions on s'entoure pour éviter cet accident. Dans notre système l'air a parfaitement accès dans la poche par l'ouverture de l'incision et il ne détermine aucun accident parcequ'il ne contient aucun germe.

D'une manière générale l'action fâcheuse de l'air sur les plaies est connue depuis longtemps ; l'observation clinique, en effet, permet chaque jour de constater que des contusions très-étendues, des fractures comminutives guérissent sans aucune réaction fébrile tant que la peau est restée intacte. Si au contraire une solution de continuité des téguments fait communiquer le foyer de la fracture avec l'air extérieur, les accidents les plus graves sont à redouter.

Nous ferons la même remarque pour les plaies articulaires N'est-ce pas à l'introduction de l'air dans l'article que la plupart des auteurs rapportent la gravité des accidents ? Nous pourrions multiplier les exemples qui établissent le danger de l'exposition des plaies à l'air libre. Mais quelle est la cause de ces accidents ?

L'expérience clinique établit bien clairement que ce n'est pas chimiquement en tant que composé d'oxygène et d'azote que l'air agit sur les plaies. S'il en était ainsi son action devrait se retrouver partout la même, et nous verrons au contraire qu'elle est essentiellement variable suivant les conditions dans lesquelles on se place.

Les expériences de Demarquay, de Laugier ont établi le contraire en montrant par exemple que l'un des principes constituants de l'air, l'oxygène est un des meilleurs topiques pour les plaies ; l'azote, gaz inerte par excellence ne saurait être incriminé. Quant à l'acide carbonique qui est en proportion si minime, il rend au contraire de grands services dans les affections cancéreuses de l'utérus.

On peut donc dire avec M. le professeur Panas : « Si l'air en tant que mélange gazeux ne saurait expliquer les accidents graves qui compliquent souvent les plaies exposées, on est forcé d'admettre que l'agent nocif doit résider dans les principes organiques que l'atmosphère tient en suspension. »

Mais ici encore de grandes distinctions doivent être faites.

L'observation nous démontre chaque jour que dans les pays où l'air est fréquemment renouvelé, comme à la campagne par exemple, les accidents que nous signalons ne se manifestent plus ; ce qui tendrait à démontrer l'innocuité des poussières organiques qu'il renferme.

C'est surtout dans les hôpitaux des grandes villes, partout où il y a de grandes agglomérations et où généralement l'hygiène est défectueuse, que l'on voit au contraire l'air acquérir au plus haut degré des propriétés nocives pour les plaies avec lesquelles il se trouve en contact. On voit alors survenir l'érysipèle, la septicémie et la pyohémie qui, dans certains cas, même sévissent épidémiquement. Un nouvel élément s'est donc produit dans l'air, élémen eminemment délétère et son développement paraît dû à l'encombrement. »

C'est en partant de l'idée de ce germe ou de ce principe organique spécial, développé par l'encombrement et transporté par l'air, que le professeur Lister a cherché à protéger contre son action la surface des plaies. Convaincu que l'air débarrassé de ce principe deviendrait inoffensif, il s'est servi des liquides antiseptiques ; c'est du reste la même idée qui guidait déjà Alp. Guérin (1) lorsqu'il a proposé son pansement ouaté qui a donné aussi de si bons résultats.

Cette théorie de l'extériorité des accidents graves des plaies n'a pas seulement pour elle les faits que fournit l'observation clinique, elle s'appuie aussi sur la grande autorité de M. Pasteur, qui, dans les diverses discussions qui se sont élevées à ce sujet à l'Académie de médecine, s'en est montré partisan décidé ; dernièrement encore il signalait dans l'eau commune l'existence d'un germe septique extrèmement dangereux.

Dans le traitement antiseptique des abcès froids symptomatiques par le pansement de Lister, tous les efforts tendent à protéger le foyer de l'abcès contre ces germes. Grâce aux solutions phéniquées dont sont imbibés les éponges, les instruments, les mains même de l'opérateur, grâce au nuage phéniqué que l'on projette avec le pulvérisateur sur la région où l'on opère, on parvient à rendre l'air antiseptiquement pur, et, alors même qu'il pénètre dans le foyer de l'abcès, il n'y détermine aucun accident inflammatoire, aucune altération des liquides.

La plupart des malades qui font l'objet de nos observations ont guéri apyrétiquement ; et si quelques-uns ont eu un léger mouvement fébrile, il a toujours été très-passager

---

(1) Bulletin acad., juin, 1878.

et, dans bien des cas, il peut être rapporté à une négligence dans le pansement.

Notre méthode permet donc d'éviter les accidents que cette pénétration de l'air dans le foyer des abcès faisait redouter aux chirurgiens.

Comment remplit-elle la seconde indication : le dessé-chement de l'abcès ?

Nous l'avons déjà dit c'est par le drainage.

Le principe du drainage chirurgical, dit M. Brochin (1), c'est d'établir un écoulement continu des liquides au dehors ou en d'autres termes, d'opérer une sorte de desséchement des foyers purulents.

Tel est le principe établi par Chassaignac (2) et dont les applications chirurgicales sont si fécondes. Il joue du reste dans le pansement de Lister un rôle des plus importants, à tel point que nous avons souvent entendu M. le professeur Panas dire que s'il était obligé de se passer du drainage, il renoncerait en toute circonstance au pansement de Lister. L'écoulement des liquides est la première condition pour éviter tout accident dans les plaies; c'est probablement à cela qu'il faut rapporter les succès de Roser qui traite les plaies à l'air libre. En effet le chirurgien de Zurich, en ne réunissant pas les bords des solutions de continuité, laisse au pus une large voie pour s'écouler, et il s'oppose au croupisment des liquides secrétés, condition essentielle et qui vaut à elle seule tous les antiseptiques chimiques. De plus, l'importance extrême qu'il attache à la ventilation assure le renouvellement de l'air et prévient les funestes effets de l'encombrement sur sa composition.

Cependant des modifications ont été apportées à l'appli-

(1) Brochin. Gaz. des hôp., 29 septembre 1855.
(2) Chassaignac. Loc. cit.

cation du drainage chirurgical tel que le comprenait Chassaignac. Dans la plupart des cas, en effet, il conseille de
faire dans les collections purulentes deux incisions au travers desquelles on passe, au moyen d'un stylet, un tube de
drainage en caoutchouc percé d'un certain nombre de trous.
Cette manière de procéder a des inconvénients.

Il est difficile de bien nettoyer le tube, de plus il tend à
se couder vers sa partie moyenne et devient en ce point imperméable aux liquides. Il ne joue plus alors que le rôle
d'un corps étranger et ne favorise plus le libre écoulement
des liquides sécrétés. Le tube droit introduit par une seule
ouverture, ce qui est le propre de notre méthode, n'est
conseillé par Chassaignac que dans quelques cas exception-
nels.

Malgré l'autorité d'un tel maître nous ne saurions ac-
cepter d'une manière absolue les principes qu'il prescrit,
et nous attachons la plus grande importance à l'emploi du
tube à drainage droit. En effet, lorsque le drain forme une
anse, il est très-difficile de le nettoyer alors même qu'on le
fait traverser par une injection liquide, et cela pour plusieurs
raisons : le pus se dessèche et se concrète sur les parois
du tube et en diminue le calibre ; en même temps la plupart des trous dont est percé le drain sont oblitérés par les
sécrétions de la plaie et mettent obstacle au libre écoulement des liquides exsudés.

Qu'on nous permette de citer à ce sujet une petite expérience qui nous est personnelle et qui nous a permis de constater les inconvénients qu'il y a à placer dans un foyer puru-
lent un tube à drainage en forme d'anse. Il s'agit d'une malade que nous avons observée à Lariboisière dans le service de
M. Panas remplacé alors par M. le Dr Marchand. Elle était
atteinte d'un abcès ganglionnaire volumineux de la région
sterno-mastoïdienne du côté droit. Une double ponction à

la partie supérieure et inférieure de la tumeur fut faite pour en obtenir l'évacuation.

Un tube à drainage fut passé à travers les deux orifices et réuni en dehors par ses deux extrémités. Dix jours après, l'état local était tellement amélioré qu'on retira le drain pour laisser cicatriser les incisions qui avaient été faites.

Nous avons eu la curiosité d'inciser ce drain et nous avons pu constater, d'une façon absolument certaine, que son calibre était très-notablement diminué et qu'une partie des trous dont il était percé étaient complètement oblitérés.

Ne peut-on pas conclure de cette seule observation que, dans de conditions pareilles, un drain ne rendrait plus, au point de vue de l'écoulement des liquides, les services qu'on était en droit d'en attendre et que, par conséquent, il y avait avantage à se servir d'un tube droit dout on pouvait facilement observer la perméabilité en le retirant de la plaie pour le nettoyer. Incidemment nous ferons remarquer tout l'avantage qu'il y a à ne pratiquer qu'une seule ouverture.

A ce propos nous ne saurions mieux faire que de citer M. Lucas Championnière (1), qui dans son livre sur les principes, modes d'application et résultats du pansement de Lister s'exprime ainsi : « On peut dire que M. Lister ne pratique jamais un pansement sans mettre les tubes de Chassaignac comme il a la gracieuseté de les appeler dans son service, pour rendre hommage à notre éminent compatriote, mais il les emploie d'une manière un peu différente de celle habituellement suivie chez nous. Il ne fait pas passer une anse d'un point à un autre ; il introduit un tube debout dans l'ouverture, assez long pour se terminer juste

(1) Lucas Championnière. Chirurgie antiseptique. etc.

au ras de la plaie. A l'extrémité externe sont fixés deux fils destinés à le retenir et à le tirer au dehors à chaque pansement.

Le tube ne doit pas être trop long, il doit canaliser pour un écoulement facile, mais il ne doit pas butter contre les parties molles pour ne pas les irriter. Pour les introduire ainsi debout dans les trajets souvent fort longs, M. Lister se sert d'un instrument qu'il appelle pince à fistules. C'est une pince à pansement très-étroite avec laquelle il introduit le tube ; il le retire pour le couper s'il est trop long, puis le remet en place ; si le tube dépassait le bord de la plaie, il serait foulé par le pansement et irriterait les parties profondes, ce qu'il faut éviter. A chaque pansement on retire les tubes à drainage, on les lave dans une solution forte pour les débarrasser du sang ou des matières puriformes qu'ils contiennent.

Il faut recommander absolument d'employer des tubes assez volumineux. Leur paroi doit être très-épaisse, sans quoi ils s'affaissent, et leur propriété de drainage devient illusoire. »

Du reste, ces tubes, quelle que soit leur dimension, ne déterminent généralement pas d'accident. Déjà, dit Chassaignac, c'est là un des avantages des drains que même, introduits dans les cavités purulentes symptomatiques si faciles à s'enflammer, ils sont inoffensifs. Ils doivent à leur souplesse, à leur composition qui les défend contre toute atteinte d'être facilement supportés par les malades. De plus ils permettent dans bien des cas de se contenter d'une très-petite ouverture, tout en facilitant l'écoulement des liquides. Mais au point de vue de notre méthode, cette dernière circonstance a peu d'importance, et il ne faut pas hésiter à faire une large incision lorsque cela est nécessaire. Le pansement de Lister permet de réunir par des points de suture la plus grande partie des bords de l'incision et d'en obtenir la cicatrisation immédiate, comme dans le cas de notre malade de l'observation n° 1. On est allé à travers une large ouverture explorer le grand trochanter et enlever, au moyen d'une couronne de trépan, une épaisse rondelle de cet os. La guérison ne s'en est pas moins présentée rapidement et sans aucune réaction fébrile.

Ce sont ces faits qui nous autorisent, lorsque nous intervenons, à remplacer par le bistouri le trocart dont se servait Chassaignac pour introduire les tubes à drainage, la grandeur de l'incision de la peau n'ayant aucune influence sur la marche de l'affection et n'en retardant nullement la terminaison.

Ce qu'il importe surtout dans le drainage appliqué au traitement des abcès froids symptomatiques, c'est d'obtenir un écoulement parfait des liquides. Notre observation n° 3 doit à cet égard servir d'enseignement. Cette malade, chez laquelle on a pratiqué l'ouverture d'un volumineux abcès par congestion symptomatique d'une lésion des vertèbres cervicales, qui était venu faire saillie dans l'aisselle, n'avait pas présenté dans les premiers jours du traitement de réaction fébrile.

A deux reprises différentes cependant, et malgré toutes les précautions prises pour amener l'antiseptie de la plaie, elle a eu une élévation considérable de la température (40°), élévation qui s'est produite les deux fois à la suite du raccourcissement du tube à drainage introduit dans la plaie. Cette réaction fébrile a rapidement cédé les deux fois, lorsqu'on a remplacé ce tube par un plus long, lequel, enfoncé plus profondément dans la cavité de l'abcès, a amené le libre écoulement des liquides. Aussi, nous croyons-nous autorisé à dire que lorsque chez un malade dont on a ouvert un abcès froid symptomatique, on voit survenir de la

fièvre, malgré toutes les précautions apportées au pansement, elle est due à la rétention des liquides et disparaît
du moment qu'on favorise leur écoulement au moyen d'un
tube plus long et plus volumineux.

A propos du choix des tubes, Chassaignac dit que la con-
sistance doit être l'objet d'une attention toute particulière.
Très-mous, ils ne se maintiennent pas béants et s'affaissent
à la moindre pression ; trop rigides ils sont moins bien
tolérés par les tissus vivants et se brisent sous le moindre
effort. Généralement c'est l'aplatissement des parois du
tube qui met obstacle à l'écoulement des liquides. M. Panas
qui a fréquemment constaté ce fait a fait fabriquer spécia-
lement des tubes à parois très-épaisses et d'un fort calibre
pour s'en servir dans les cas où la disposition des parties
les expose à être comprimés.

C'est par ce drainage qui doit toujours être surveillé avec
le plus grand soin que le pansement de Lister, appliqué à
l'ouverture des abcès froids symptomatiques, répond à la
seconde condition que nous avons indiquée. Lorsqu'elles
ont été bien remplies l'une et l'autre, cette méthode donne
des résultats que les autres modes de traitement sont impuissants à fournir.

Mais pour obtenir du pansement de Lister tous les bons
résultats qu'on est en droit d'en attendre dans le cas d'ouverture d'abcès froids symptomatiques, on ne saurait s'entourer de trop de précautions.

Aucun des détails ne doit être négligé. Il faut très-peu
de chose pour qu'une plaie s'infecte, et le bénéfice de la
protection disparaissant, on voit survenir les complications.

Aussi croyons-nous utile d'entrer dans quelques expli
cations sur l'application du pansement antiseptique aux
abcès ossifluents.

Lorsqu'on veut faire l'ouverture d'une collection purulente, il importe que les téguments soient d'abord nettoyés à l'eau phéniquée. Les solutions à 2 1/2 p. 100 sont suffisantes. Les mains de l'opérateur, celles des aides ainsi que les instruments auront dû être préalablement trempés dans la solution. Pendant toute la durée de l'opération, il est de toute nécessité que la plaie soit recouverte d'un brouillard phéniqué qui la mette à l'abri de tout contact délétère.

On fait ensuite des lavages dans la cavité de l'abcès, puis on place un drain suffisamment volumineux pour laisser passer les liquides, et assez résistant pour ne pas être déprimé. C'est un temps des plus importants de l'opération. L'écoulement libre des liquides joue, nous le savons, un rôle capital sur la marche de la maladie.

Le protective, puis la gaze phéniquée sont ensuite appliqués. Le tout est recouvert d'une grande pièce de gaze phéniquée et d'un taffetas imperméable, le Mackintosch.

Cette pièce doit être assez grande pour que, quelle que soit la quantité de liquide qui s'écoule, il ne puisse jamais fuser jusqu'à l'extérieur. Le tout doit être ensuite maintenu par une bande bien exactement appliquée. Il faut en effet que l'air ne puisse passer nulle part au-dessous de ces pièces du pansement.

C'est pourquoi dans bon nombre de régions, lorsqu'il y a des saillies et des creux, on se trouvera bien d'appliquer quelques feuilles de ouate qui assurent l'exacte coaptation du pansement, et qui permettent en même temps un certain degré de compression favorable au dégagement du foyer.

Quant aux pansements, ils doivent toujours être faits avec le plus grand soin ; la moindre négligence pouvant être suivie de l'infection de la plaie. Le drain doit être chaque fois retiré ; nettoyé dans la solution phéniquée et remis en place lorsqu'on s'est bien assuré qu'il n'est obstrué en aucun point. A chaque pansement il faut faire la pulvérisation ; Lister attache une grande importance à ce que le jet de vapeur phéniquée soit dirigé sur la plaie au moment même où on retire le drain ; il se forme en effet en ce moment dans la plaie un vide relatif qui détermine l'entrée d'une certaine quantité d'air dans le foyer.

La fréquence des pansements dépend de l'abondance de la suppuration. On peut laisser les choses en place tant que le pus ne menace pas de percer les pièces du pansement et d'arriver à l'extérieur. Nous ne sommes cependant pas partisan des pansements trop rares et nous croyons qu'en les renouvelant tous les trois jours, on restera dans une bonne moyenne.

La durée du traitement est souvent fort longue, comme on peut le voir par quelques-unes de nos observations. Malgré cela on restera toujours à l'abri des complications, si on ne néglige aucune des précautions que nous avons recommandées.

Tant que la plaie existe il faut apporter le même soin à chaque pansement. C'est en remplissant toutes ces conditions, qu'on peut attendre du pansement de Lister, dans les cas d'abcès froids symptomatiques, tous les bons résultats que nous lui avons vu donner dans le service de M. le professeur Panas.

Dans quelques cas les solutions phéniquées déterminent sur la peau, notamment chez les femmes, un certain degré d'érythème. On obvie facilement à cet inconvénient en diminuant le degré de concentration de la solution.

Lorsque, par suite de négligence dans le pansement, la plaie s'est infectée, ce qui se traduit par l'élévation de la température, on peut généralement y remédier par l'injection dans la poche d'une solution de chlorure de zinc au 1/10 ou au 1/20. La température baisse rapidement.

Nous avons vu plusieurs fois obtenir ce résultat chez le malade de notre observation n° 3. Lorsque l'injection est trop concentrée, elle peut déterminer une certaine inflammation ; c'est le cas du malade n° 1 de la statistique de M. le professeur Panas.

Ce chirurgien a établi dans sa communication que le chlorure de zinc, antiseptique local par excellence, était puissamment aidé par le salicylate de soude, antiseptique du sang. Il concourt lui aussi à l'abaissement de la température.

Nous n'avons pas du reste à entreprendre ici la défense du pansement antiseptique de Lister, malgré les attaques dont il a été l'objet dans diverses Sociétés savantes, de la part de Demarquay en particulier. D'après son expérience, cette méthode a plusieurs inconvénients. Elle ne met pas à l'abri de l'infection purulente, et il conclut que les modes opératoires ou de pansement sont impuissants à prévenir ou à arrêter le développement des vibrioniens dans les plaies.

De nombreuses discussions soit à la Société de chirurgie, soit à l'Académie de médecine, se sont encore produites dans ces derniers temps, mais il suffit de les lire pour s'assurer qu'elles n'ont ébranlé en rien la valeur de la méthode antiseptique.

En France, le pansement de Lister compte un certain nombre de partisans, et le moment n'est pas éloigné où il sera accepté par presque tous les chirurgiens. MM. Panas, Lucas Championnière, Verneuil, Guyon lui doivent des succès remarquables.

Mais c'est surtout à l'étranger qu'on rencontre ses plus ardents défenseurs, parmi lesquels, pour n'en citer que quelques-uns, se trouvent le professeur Saxtorph, à Copenhague, Nussbaum, à Munich, Bardeleben, à Berlin, Volkmann, à Halle. Ce dernier particulièrement a donné des statistiques très-intéressantes dans le Centréalblatt fur Chirurgie.

Mais aucun d'eux ne paraît encore s'être occupé particulièrement des abcès ossifluents. Nous n'avons trouvé sur ce point que la seule opinion du professeur Lister, rapportée par M. Lucas Championnière : « Il y a dans cette méthode de pansement une précieuse ressource contre une maladie qui nous trouve si absolument désarmés, contre les abcès par congestion. »

A la Société de chirurgie, séance du 10 juin 1878, M. le professeur Lister dit : « Si l'on ouvre au moyen du bistouri, un abcès par congestion provenant d'une altération de la colonne vertébrale, le malade peut mourir de fièvre ou d'infection putride ; par la méthode antiseptique, ces accidents ne sont pas à craindre et la maladie peut guérir complètement, même dans le cas de carie très-prononcée du corps des vertèbres. »

CHAPITRE III

DES INDICATIONS DE L'OUVERTURE DES ABCÈS FROIDS
SYMPTOMATIQUES PAR LE PANSEMENT DE LISTER

Dans une question aussi délicate et aussi controversée, nous n'émettrons notre avis qu'avec la plus grande réserve et en nous appuyant sur l'autorité des maîtres.

M. Panas, qui a de cette question une expérience toute

particulière, a écrit à la suite de sa statistique de l'année 1878 sur le traitement des abcès ossifluents :

« De l'ensemble des observations qui précédent il ressort clairement que, grâce au pansement antiseptique de Lister combiné au drainage et souvent à la suture des lèvres de l'incision dans une partie de son étendue, l'ouverture des abcès froids symptomatiques des lésions osseuses se fait sans entraîner la fièvre ni aucun des accidents infectieux et souvent mortels, signalés par les auteurs classiques. Déjà Bonnet de Lyon avait compris l'importance qu'il y avait à modifier la surface intérieure de ces abcès par l'application de pâte caustique au chlorure de zinc, en vue d'en rendre l'ouverture moins périlleuse. D'autres ont essayé, depuis, l'ouverture de ces abcès par le fer rouge ou les caustiques chimiques à base de potasse. Mais, il faut le dire, toutes ces tentatives, ne mettant pas la surface suppurante à l'abri d'une infection septique ultérieure, n'ont donné que des succès partiels et une sécurité souvent trompeuse.

Ce qu'il faut en effet pour se mettre à couvert des accidents, c'est une antiseptie de tous les instants telle que peut la réaliser la méthode de Lister ou les pansements qui s'en rapprochent le plus.

Il va sans dire que lorsque l'abcès reconnait pour cause une lésion grave du squelette, le pansement de Lister ne peut avoir la prétention de tarir du coup la source du pus ; aussi n'est-on pas étonné de voir qu'un certain nombre de nos malades sont sortis de l'hôpital avec un trajet fistuleux suppurant. Mais ce qu'on doit demander à cette méthode de traitement, c'est de permettre l'ouverture de ces abcès sans encourir le danger d'accidents fébriles et contagieux graves; à ce point de vue, les onze observations dont nous avons donné le sommaire sont on ne peut plus concluantes en faveur du pansement de Lister.

Malgré, cela ce serait aller au delà de notre pensée que de croire que nous préconisons l'ouverture immédiate par cette méthode de tout abcès par congestion, d'origine osseuse.

Sachant que de pareils abcès peuvent, grâce au repos et à une modification favorable survenue dans la constitution du sujet, se résorber spontanément, nous préférons observer et attendre pour intervenir chirurgicalement, alors que la poche s'enflamme, qu'elle devient douloureuse, qu'un trajet fistuleux lui succède ou que le mal étant devenu stationnaire ne laisse plus d'espoir de le voir disparaître spontanément.

Tout autre serait la conduite du chirurgien dans le cas d'abcès froid sans carie ni dénudation de l'os. Là l'ouverture immédiate faite antiseptiquement sera la règle et permettra d'obtenir un succès prompt et assuré. Malheureusement nous manquons de signes cliniques absolument certains pouvant nous autoriser à établir sans conteste la présence ou l'absence d'une lésion osseuse concomitante. C'est pourquoi, dans le doute, il faut toujours procéder avec prudence et se comporter comme si la lésion osseuse devait exister.

Cette réserve moins impérieuse lorsqu'il s'agit de petites collections de pus et d'os superficiellement placés, comme le sont les côtes et les os longs des membres, nous paraît surtout nécessaire alors qu'on a affaire à de vastes collections purulentes profondes, comme celles qui occupent la fosse iliaque ou l'excavation pulvienne et qui ont souvent pour point de départ une maladie de la colonne vertébrale.

Ce n'est pas que nous contestions que l'ouverture antiseptique de pareils abcès ne puisse se faire souvent sans accidents ; cette année même nous avons eu à en ouvrir un très-volumineux, s'étendant depuis le triangle sus claviculaire gauche jusqu'à l'aisselle et qui provenait d'un mal sous-occipital très-avancé; mais comme le contraire est à la rigueur possible, ne fut-ce qu'à titre d'exception, un chirurgien prudent regardera à deux fois avant d'assumer une si lourde responsabilité. »

Tous les auteurs du reste, en admettant que l'intervention chirurgicale peut être nécessitée dans certaines circonstances, recommandent les plus grandes précautions et ne se décident pour l'ouverture que dans des cas bien déterminés.

C'est ainsi que Bouvier (1), s'appuyant sur les cas nombreux de guérison spontanée qu'il a observés chez les enfants, ne veut qu'on n'intervienne que lorsque les accidents de compression ou l'inflammation de la poche rendent préjudiciable tout retard.

Billroth (2) est plus affirmatif encore : « Si les symptômes de suppuration, dit cet auteur, se présentent et qu'il se forme des abcès ossifluents, vous pouvez pendant quelque temps encore continuer l'emploi des médicaments résolutifs en prévision d'une résorption encore possible en ce moment; cela ne réussira pas dans la plupart des cas, et bientôt vous serez dans cette alternative d'ouvrir l'abcès artificiellement ou bien d'attendre l'ouverture naturelle. Je vous engage à cet égard à suivre la règle générale que voici : Lorsque les abcès proviennent d'un os sur lequel il est impossible ou dangereux de pratiquer une opération chirurgicale, ne touchez pas à l'abcès et considérez au contraire comme autant de jours heureux ceux où il reste fermé. »

Pirogoff s'exprime à cet égard dans les termes suivants. « Dans les cas d'abcès froids aux diaphyses, la temporisation

(1) Bouvier. Maladies de l'appareil locomoteur.
(2) Billroth. Éléments de pathologie générale, p. 430.

n'est d'aucune utilité et je suis d'avis que l'on fasse une large incision pour mettre à découvert la lésion osseuse, et si le cas le permet, l'attaquer avec le ciseau ou le maillet.

Dans les traités classiques nous trouvons des opinions qui se rapprochent beaucoup de celles de Billroth.

La plupart des auteurs, en effet, penchent pour une expectation prudente.

Follin (1) s'exprime ainsi : « Tous les chirurgiens, pénétrés des dangers qui résultent de l'ouverture des abcès par congestion sont à peu près d'accord aujourd'hui pour recommander l'emploi des moyens qui favorisent la résolution de ces abcès et pour retarder le plus possible leur ouverture. » Et plus loin il dit encore : « L'expérience apprend toutefois que ces abcès lorsqu'ils font des progrès incessants doivent être ouverts, mais c'est par des ponctions successives dites sous-cutanées qu'il faut évacuer le pus. »

« Boyer qui avait d'ailleurs modifié sa pratique primitive ponctionnait de bonne heure les abcès par congestion et il s'appuyait pour agir ainsi sur ce fait, qu'au début la carie est peu étendue et l'abcès d'un petit volume. Mais la pratique contraire vantée par Dupuytren qui préchait de temporiser a aujourd'hui prévalu. » Dans son traité de pathologie externe, Nélaton (2) expose des idées semblables. ‹ L'ouverture des abcès par congestion doit être proscrite d'une manière générale, et tous les soins des chirurgiens doivent tendre à retarder l'époque de l'ouverture spontanée.

Mais lorsque l'ouverture spontanée paraît inévitable, il est indiqué de donner issue au pus pour prévenir la destruction des parois dans une trop grande étendue et l'éta-

(1) Follin. Élém. de path, ext. T. ll, p. 674 et passiim.
(2) Nelaton. Élém. de path. ext. T. II, p. 93.

blissement d'une fistule. Il est une circonstance dans laquelle
l'ouverture de ces abcès est indiquée. Nous voulons parler
de ces cas où la source de l'abcès s'étant à peu près tarie, il
se trouve isolé de ses points d'origine et ramené aux conditions d'un abcès froid idiopathique. Je dois dire cependant
que Dupuytren proscrivait même dans ce cas l'ouverture
artificielle dans la crainte qu'elle ne provoquât une récidive
de l'altération osseuse. »

Laugier (1) n'est pas moins explicite dans son article du
Dictionnaire de médecine et chirurgie pratiques : « la méthode de Boyer n'a pas prévalu ; Dupuytren donnait formellement le principe de ne jamais ouvrir les abcès par congestion et ne s'occupait que d'en tarir la source. Aujourd'hui
la plupart des chirurgiens, pour ne pas dire tous, sont
d'avis qu'il ne faut pas ouvrir les abcès par congestion tant
qu'ils ne menacent pas de s'ouvrir spontanément. On con-
sidère comme indication de l'ouverture artificielle, le cas
où l'abcès est isolé de son point d'origine ; mais comment
le savoir? » La conclusion de Denonvilliers (2), dans le Dictionnaire encyclopédique des sciences médicales, ne diffère
pas de celles que nous venons de citer : « Un des points des
plus délicats dans le traitement des abcès par congestion
est de savoir à quel moment on doit les ouvrir. Après avoir
longtemps professé l'opinion qu'il faut différer autant que
possible, c'est-à-dire jusqu'au moment où les téguments
menacent de se perforer, Boyer avait réformé sa pratique
à cet égard et en était arrivé à prescrire l'ouverture dès
que la tumeur apparaît à l'extérieur et que la fluctuation y
est sensible.

(1) Laugier. Dict. méd. et chir. prat. T. I, p. 34.
(2) Denonvilliers. Dict. encycl. des sciences méd. T. 1, 62

« Chacune de ces doctrines a trouvé des partisans et les chirurgiens se sont partagés en deux camps inégaux ; le plus grand nombre se prononçant pour l'ouverture tardive, et quelques-uns seulement pour l'ouverture prompte.

« Ce qui détermine la plupart des chirurgiens à retarder l'opération, c'est, d'une part, la considération des suites malheureuses qu'elle a le plus habituellement, et la crainte d'avancer, en la pratiquant, la mort de malades qui eussent vécu plus longtemps si on n'eût pas touché à leur abcès ; et d'autre part, surtout chez les enfants, l'espoir d'obtenir la guérison par l'absorption du pus. Ce qui entraîne les autres à agir, c'est la réflexion que, pendant qu'on attend, l'abcès grossit et l'affection osseuse s'aggrave, de sorte qu'au moment où l'on se verra forcé d'opérer, il ne restera plus que de faibles chances de succès, tandis qu'en opérant promptement on eût trouvé des conditions plus favorables : Le foyer est moins vaste, l'affection osseuse plus récente et moins étendue, la santé est moins altérée et la constitution plus vigoureuse. Indépendamment de ces motifs généraux, il est des raisons particulières tirées de l'état du malade, de la disposition et des rapports de la tumeur, de la marche de la maladie principale qui doivent modifier ou influencer la détermination du chirurgien.

« Lorsque l'abcès par congestion acquiert promptement un grand volume et qu'il produit des accidents par la compression qu'il exerce sur la partie voisine, il est indiqué de l'ouvrir pour faire cesser ces accidents, pour prévenir les décollements et la rupture de la poche, soit à l'intérieur, soit à l'extérieur.

« C'est le contraire qu'on devra faire si l'abcès est récent, petit ou de dimensions médiocres ; si la santé générale s'est soutenue, si l'affection principale a de la tendance à s'améliorer, car on s'exposerait en opérant à changer ces

heureuses dispositions qui permettent d'espérer la guérison par résorption. »

Si nous avons insisté longuement et multiplié peut-être
à l'excès l'opinion de maîtres si autorisés sur les indications de l'ouverture des abcès ossifluents, c'est que notre
opinion se rapproche à beaucoup d'égard des idées qu'ils
soutiennent.

Grâce cependant à la possibilité d'éviter toute espèce de
complications dans les cas d'ouverture d'abcès froids symptomatiques, nous étendrons davantage l'indication de l'intervention chirurgicale sans adopter cependant les idées de
quelques chirurgiens qui, comme Boyer, recommandent
l'ouverture dans tous les cas.

Nous considérons en effet qu'on ne doit tenter une opération chirurgicale que lorsque tous les autres moyens ont
échoué, et que l'état général du malade ainsi que le degré
de la lésion osseuse permettent d'espérer la guérison. Mais
avant d'exposer nos idées personnelles sur les indications
de l'ouverture des abcès ossifluents, nous croyons devoir
rapporter l'opinion de Chassaignac (1), malgré l'exposé déjà
un peu long des opinions que nous venons de résumer.

« Une condition sur laquelle on est en quelque sorte tenu
de s'expliquer quand on veut apprécier la valeur des méthodes, c'est l'opinion qu'on se forme sur la question d'op-
portunité dans l'élimination artificielle du pus.

« D'après les idées que j'ai déjà émises sur la très-grande
prédominance des accidents de propagation comparés aux
accidents initiaux, je pense qu'on n'ouvre jamais assez tôt
les abcès par congestion »

Et quelques pages plus loin, le même auteur dit encore :
« Je n'hésite pas à prescrire l'ouverture des abcès ostéopa-

(1) Chaissagnac. Traité de la supp. T. I, p. 159 et suiv.

thiques quels qu'ils soient aussitôt qu'il est chirurgicalement possible de le faire. Assurément, je ne conseillerais
pas d'aller au travers d'une cavité viscérale ou à travers une
séreuse ouvrir un abcès profondément placé sur les côtés
de la colonne vertébrale, mais je dirai qu'aussitôt que l'abcès s'est étendu dans la région iliaque, et qu'il est suscep-
tible d'être atteint en cheminant au-dessous du péritoine
sans ouvrir cette membrane, il doit être ouvert sur le
champ. »

Partisan convaincu des idées de M. Panas, dont nous
avons été à même de voir les bons résultats, nous ne saurions admettre les conclusions de Chassaignac. Bon nombre
d'abcès par congestion peuvent se résorber surtout chez les
enfants, dit Bouvier.

Mais ce fait se reproduirait rarement chez l'adulte, d'après
le même auteur. Nous avons cependant entendu M. Panas
citer l'exemple d'une femme de 30 ans atteinte d'un double
abcès par congestion occupant les deux fosses iliaques, et
qui, sous l'influence de l'immobilité au lit prolongée pendant 18 mois, a vu se résorber des collections purulentes et
est revenue à une santé parfaite. Cet exemple doit servir
d'enseignement, et engager le chirurgien à recourir avant
l'incision au procédé moins dangereux que nous venons de
signaler ; mais, tout en condamnant l'intervention hâtive
pour les abcès par congestion, nous sommes en même
temps opposé à une expectation trop patiente qui nous paraît, dans bien des cas, défavorable aux intérêts du malade.

Lorsqu'un malade atteint d'un abcès par congestion se
trouve dans un état stationnaire, lorsque la santé générale
est bonne et que toute douleur osseuse, soit spontanée, soit
provoquée par la pression et les mouvements a disparu,
nous croyons utile de donner issue au pus, parce que nous
avons entre les mains une méthode de pansement qui nous

permet d'éviter les graves complications qui pourraient être dues à la décomposition ou à la rétention des liquides dans l'intérieur de la poche.

De plus, lorsque l'abcès par congestion s'enflamme, que la tumeur devient tendue, douloureuse, que la peau rougit et tend à s'ulcérer, nous croyons que quel que soit l'état du squelette, il y a intérêt à intervenir et à donner issue au liquide collecté en prenant toutes les précautions que nous avons indiquées.

Il n'y aurait en effet que des inconvénients à attendre que la peau amincie, et détruite par un travail ulcératif, transforme le foyer en un trajet fistuleux, dans lequel l'air qui n'aurait pas été purifié par les procédés antiseptiques viendrait favoriser la décomposition du pus dans des clapiers dont le dessèchement n'aurait pas été assuré par un bon drainage.

On aurait alors tous les inconvénients de l'incision sans aucun des bénéfices qu'assure le pansement de Lister.

Il est encore d'autres cas où un abcès ossifluent doit être ouvert alors même qu'aucune complication inflammatoire n'est survenue du côté de la poche ; c'est lorsque ces abcès compriment des organes importants, comme on le voit dans le cas d'un mal sous-occipital, par exemple. La suppuration qui succède aux altérations des premières vertèbres cervicales fuse le long de la colonne vertébrale, troublant le fonctionnement d'organes importants. C'est.ainsi que ces abcès peuvent venir faire saillie dans le pharynx, gêner la déglutition, ou se propageant plus loin encore, provoquer l'apparition de l'œdème de la glotte.

Chez notre malade de l'observation n° 3, ce sont des phénomènes de compression du côté du plexus brachial qui ont déterminé M. Panas à opérer.

On comprend alors combien il est important d'intervenir rapidement, il en serait de même pour un abcès par congestion qui comprimerait le poumon ou qui menacerait de s'ouvrir dans quelque grande cavité splanchnique.

D'autres abcès froids symptomatiques réclament aussi l'intervention, mais ils sont généralement moins volumineux, affectent des rapports moins importants et sont plus facilement accessibles. Nous voulons parler de ces abcès froids qui succèdent à des lésions osseuses superficielles.

Lorsque la lésion osseuse est en voie de réparation au moment de l'ouverture de l'abcès, la guérison est rapide comme on l'a vu chez plusieurs des malades de la statistique de M. Panas. Lorsque au contraire l'os est encore malade, si l'on peut arriver facilement jusqu'au point dénudé et agir directement sur la lésion par rugination ou par résection, on mettra le malade dans les conditions les plus favorables pour arriver à la guérison complète. On peut voir dans nos observations 1 et 2, les résultats obtenus dans ces cas chez des malades atteints d'abcès volumineux et qui n'ont jamais présenté la moindre complication. Chez notre première malade, c'est par la trépanation du grand trochanter qu'on a fait céder des accidents datant déjà de plusieurs années; et chez le second, c'est par la résection des apophyses épineuses des vertèbres dorsales qu'on a guéri le trajet fistuleux, consécutif à un ancien abcès froid. D'autres accidents tout à fait indépendants de la lésion primitive ont malheureusement emporté le malade quelques mois plus tard.

En terminant cette étude nous devons insister de nouveau pour conseiller avant toute intervention de mettre en œuvre toutes les ressources de la thérapeutique. On peut obtenir ainsi la résolution dont plusieurs chirurgiens ont rapporté de si remarquables exemples.

C'est au traitement général qu'il faut avoir recours dans ce cas.

On s'adressera alors à l'huile de foie de morue, à l'iodure de fer, au phosphate de chaux, au quinquina et à tous les toniques en général.

De plus, lorsque des indications particulières auront nécessité l'ouverture de ces abcès symptomatiques, c'est encore à ce même traitement général qu'il faudra s'adresser pour hâter leur guérison.

Nous n'insisterons pas davantage.

Les exemples que nous allons citer démontreront la valeur de la méthode.

Valadier.

| | | | | |
|---|---|---|---|---|
| 1 | Martin (Jean-Baptiste), âgé de 20 ans; entré le 26 mars 1877. | Abcès froid au dos, de 18 cent. sur 12, succédant à une pleurésie ancienne. | Ouverture de 5 cent., au Lister, le 21 avril. Pas de côte dénudée. | Guéri apyrétiquement fin mai. Sauf deux poussées fébriles dues à deux njections de chlorure de zinc. |
| 2 | Belmc (Alphonse), âgé de 25 ans; entré le 15 avril 1877. | Abcès froid de la region iliaque droite, de six mois, consécutif à un coup de pied de cheval. | Ouverture de 5 cent., au Lister, le 21 avril. Dénudation du bout antérieur de l'os iliaque. | Guéri apyrétiquement le 30 avril. |
| 3 | Duteil (Louis), âgé de 63 ans; entré le 30 avril 1877. | Abcès froid pré-sternal à gauche, de trois mois, du volume d'une mandarine consécutif à une fracture de clavicule de deux ans. Phymie pulmonaire. | Ouverture de 5 cent., le 1er juin, au Lister. Dénudation du sternum et des articles costaux 2e et 3e. — Rugination. | Pas d'accidents infectieux; mais, après bien des péripéties, le malade présente, en décembre, une gibbosité des dernières vertèbres cervicales avec douleurs spéciales vives. Est encore en traitement. |
| 4 | Lombard (Jean), âgé de 39 ans; entré le 14 mai 1877. | Abcès froid fistuleux pré-sternal à gauche, de six mois, consécutif à une pleurésie d'un an. Phymie pulmonaire. | Débridement le 2 juin au Lister, dénudation du sternum et des deux premiers cartilages costaux gauches. — Rugination. | Pas d'accidents fébriles; le malade sort non guéri, le 20 août, sur sa demande. |
| 5 | Lacoste (Auguste), âgé de 42 ans, entré le 28 septembre 1877. | Abcès fistuleux à répétition au niveau de la pointe du coude; olicrâne dénudé. | Débridement et rugination de l'os, le 10 octobre. | Pas de fièvre, mais le malade part avec un trajet fistuleux, le 20 décembre, pour Vincennes. |

45

| | | | | |
|---|---|---|---|---|
| 6 | Weber (Nicolas), âgé de 35 ans; entré le 1er octobre 1877. | Abcès froid lombaire gauche au niveau du triangle de J.-L. Petit; volume des deux poings; d'un an. | Ouverture le 6 octobre; communication avec la fosse iliaque gauche. | A. fébrile. Part pour Vincennes le 20 décembre, avec trajet fistuleux. |
| 7 | Chavaloff (Berthe), âgée de 20 ans; entrée le 22 octobre 1877. | Abcès froid volumineux face postérieure de la cuisse droite; d'un mois. | Ouverture le 10 cent . le 27 octobre; pas d'os dénudé, un verre de pus. | A. fébrile, guéri le 10 décembre 1877. |
| 8 | Herry, âgé de 35 ans; entré le 26 octobre 1877. | Abcès froid fistuleux du bas du sternum, de cinq mois. — Scrofule et phymie. | Débridement et raginnation | A. fébrile, sort à peu près guérie de sa fistule, le 15 novembre. |
| 9 | Dieraez (Victor), âgé de 34 ans; entré le 8 novembre 1877. | Abcès froid, volume d'un œuf de poule, à la paroi costale gauche. | Ouverture le 11 novembre 1877. Pas de lésion à la côte. | A. fébrile. Sort le 19 novembre 1877 et devient se panser. Guéri le 2 déc. 1877. |
| 10 | Manser (Alexandre), âgé de 24 ans; entré le 12 novembre 1877. | Abcès froid, région trochantérienne droite, de six mois; volume d'une orange. | Ouverture le 24 novembre. Pas de dénudation de l'os, mais l'abcès remonte au périnée. | Température 38° à 39° pendant cinq jours, puis apyrexie. Depuis lors jusqu'à aujourd'hui trajet suppurant à peine. État général excellent. |
| 11 | Gounet (Michel), âge de 31 ans; entré le 22 novembre 1876 | Abcès froid, volume d'une orange, de qq semaines, consécutif à fracture 8e côte gauche de 5 à 6 mois; | Ouverture le 22 novembre 1876. | Apyrexie. Sort avec un trajet fistuleux qui se cicatrise lentement vers le mois d'avril 1877. |

(1) Panas. Gazette hebdomadaire de médecine et de chirurgie 1878. — n° 1.

Observation 1. — Abcès froid devenu fistuleux de la partie externe et supérieur de la cuisse gauche. Pansement de Lister. Guérison.

Metayer (Louis), âgé de 49 ans, est entré le 19 juin 1875 à l'hôpital Temporaire, salle Saint-André n° 11, dans le service de M. Just. Lucas Championnière.

Il avait toujours joui d'une bonne santé et n'avait aucun antécédent syphilitique ou alcoolique ; les parents vivaient encore et il avait deux enfants d'une bonne constitution. Il y a trois ans il reçut en travaillant un coup dans la région du grand trochanter gauche ; c'est à cette cause qu'il rapporte les douleurs qu'il commence à ressentir dans la cuisse huit mois après environ.

En mars 1874, la région a commencé à se tuméfier, sans rougeur de la peau, il est entré quelques jours à la Charité et son abcès restant stationnaire, il revint chez lui.

Il y revenait au mois de juillet. La tumeur avait pris des proportions considérables et s'étendait à la région externe depuis le milieu de la cuisse jusqu'à la fesse.

Une ponction est faite avec l'appareil aspirateur de Dieulafoy. Le pus se reproduit rapidement. Trois ponctions sont faites successivement; le volume de la tumeur est notablement diminué, et le malade n'éprouvant plus d'irradiations douloureuses dans le membre rentre chez lui vers la fin de décembre 1874. Mais, en janvier 1875, des accidents inflammatoires se déclarent du côté de la tumeur qui s'ulcère, les ponctions faites antérieurement s'ouvrent et une suppuration abondante s'établit. On le traite par les cataplasmes et les injections de liqueur de Villatte dans le trajet.

Son état ne faisant que s'aggraver, de nouvelles poches purulentes s'étaient formées et transformées en trajet fistuleux. C'est dans ces conditions qu'il entre à l'hôpital temporaire le 27 juin 1875. Il y reste dans un état stationnaire, suppurant toujours beaucoup et ne pouvant plus quitter le lit. Lorsque nous avons vu le malade en janvier 1876, le service était dirigé par M. Lucas Championnière. Le malade présentait d'immenses fistules commençant à la crête iliaque et descendant au-dessous du grand trochanter gauche. Les fistules sont explorées à plusieurs reprises mais jamais on ne parvient à trouver des surfaces osseuses dénudées. Cependant les douleurs persistent et la suppuration est intarissable. L'articulation de la hanche paraît parfaitement saine, tous les mouvements sont possibles et peu douloureux et cependant la marche est impossible. De plus, la pression au niveau du grand trochanter est extrêmement douloureuse.

M. Lucas Championnière diagnostique une ostéïte du grand trochanter comme cause de cette suppuration.

Le 28 janvier le malade est chloroformé. On fait une large incision au niveau du grand trochanter, on arrive sur les tissus fongueux. L'os est mis à nu et avec une couronne de trépan, on enlève une large et profonde rondelle de l'os dont le tissu est mou mais ne présente pas de carie. Toutes les fistules sont curées et injectées au chlorure de zinc (solution au 1/10). Puis les bords de l'incision qui n'avaient pas moins de 15 cent. sont réunis par des points de suture sauf au milieu où l'on place un drain. Cette plaie se réunit par première intention, sauf le point du passage du drain qui s'est aussi rapidement oblitéré.

Au bout d'un mois toutes les fistules étaient fermées, malgré l'étendue de l'incision et l'ancienneté de la suppuration symptomatique. On n'a observé aucune réaction inflammatoire et le thermomètre n'a jamais dépassé 38°. Il persistait au-dessous de l'incision une petite fistule qui avait été négligée pendant l'opération et qui donnait encore du pus. Elle fut à son tour curée et injectée au chlorure de zinc puis pansée comme l'avaient été les autres par le pansement de Lister. La suppuration ne tarda pas à se tarir.

Le 24 avril, le malade était complétement rétabli, les douleurs avaient cessé, il marchait parfaitement et quittait ce jour même l'hôpital pour aller en convalescence à Vincennes.

Nous avons revu plusieurs fois ce malade depuis son opération et la guérison s'est bien maintenue. Cette année même nous avons eu l'occasion de l'observer dans le service de M. Panas, à Lariboisière où il est venu pour une tumeur du testicule de nature tuberculeuse. L'auscultation a révélé en même temps des signes manifestes d'excavation pulmonaire.

Mais jamais il n'a plus souffert de la cuisse et l'examen de la région démontre que la guérison a été définitive.

OBS. II. — Abcès ossifluent de la région dorso-lombaire incision-rugination des lames vertébrales, pansement de Lister. Guérison.

Chopet (Louis), âgé de 28 ans, ajusteur, entré le 4 décembre 1877, salle Saint-Ferdinand n° 7, dans le service de M. Panas à l'hôpital de Lariboisière. Ne présente rien de particulier dans ses antécédents héréditaires ou personnels ; pas même d'accidents strumeux.

Depuis 6 mois environ, il se plaint d'une bronchite et à l'auscultation on constate au sommet gauche de petits craquements.

Il y a environ trois mois il a commencé à souffrir dans la région dorsale et ces douleurs étaient exagérées par la marche, par la flexion du tronc par le décubitus dorsal. La colonne vertébrale était douloureuse dans toute sa hauteur. Il ressentait en même temps des irradiations douloureuses de divers côtés, mais qui ne s'étendaient pas cependant aux membres inférieurs. Mais il avait une gêne assez marquée de la respiration qu'il rattache à des douleurs en ceinture qu'il aurait éprouvées dès le début de la maladie. Puis il s'aperçut quelque temps après de l'apparition de deux petites tumeurs dans la région dorso-lombaire ; elles étaient indolentes et sans changement de couleur de la peau. Mais les douleurs de la colonne vertébrale allaient toujours en augmentant lorsqu'il est entré à l'hôpital.

L'état général est assez mauvais, le malade est amaigri, il a des sueurs nocturnes. L'appétit a complétement disparu.

Ces phénomènes s'aggravent, dit-il, depuis l'apparition de la tumeur et les douleurs qu'il éprouve empêchent tout sommeil.

Lorsqu'on l'examine, on constate l'existence de deux tumeurs molles fluctuantes ne communiquant pas ensemble et situées sur la ligne médiane au niveau de la région dorso-lombaire.

La supérieure a le volume d'une grosse noix ; l'inférieure est beaucoup plus considérable. En raison de leur nombre, de leur siége et de leur caractère, il est facile de reconnaître là un abcès froid d'origine ostéopathique ; l'absence de troubles notables du côté de la moelle et surtout l'absence d'incurvation de la colonne vertébrale, la difficulté de la marche et de la station verticale, le tout permit d'admettre que la lésion est bornée à la dernière circonférence postérieure de l'arc osseux ; aussi M. Panas fait-il remarquer l'utilité de l'intervention en pareil cas par l'ouverture de la poche et la rugination des parties malades.

Le 8 décembre, le malade est chloroformisé, on fait une grande incision qui intéresse les deux poches purulentes, il s'en écoule une grande quantité de pus. Puis on constate l'altération des apophyses épineuses et des lames des deux dernières dorsales et de la première lombaire ; on pratique la rugination.

Les autres os paraissant sains, la plaie est en partie réunie.

Trois drains y sont placés, deux aux extrémités et le troisième vers la partie moyenne. Le tout est lavé à la solution phéniquée au 1/20 et on applique le pansement de Lister.

Les deux premiers jours aucune réaction inflammatoire, la température ne s'élève pas à 38°.

Le 10 et le 11 il a un petit mouvement fébrile qui se traduit par une élévation de 38°,4 et 38°6. Mais l'écoulement des liquides ayant été favorisé par le pansement et la disposition des drains, la température retombe le 14 à 37°.

Les douleurs dont se plaignait le malade ont complétement disparu.

Le 24 décembre la suppuration a complétement diminué.

Les drains sont néanmoins laissés en place, mais on se contente de ne plus faire les pansements que tous les trois ou quatre jours.

Le 3 janvier la température s'élève à 39 degrés, on lui fait prendre du salicylate de soude et on lave les plaies au chlorure de zinc. La température tombe le lendemain à 38° et ne s'élève plus au delà. En sondant la partie supérieure de la plaie qui reste fistuleuse, on sent encore un fragment d'os qui reste à nu. Une flèche de pâte de canquoin est introduite dans le trajet et le pansement de Lister est continué.

Le 29. La cicatrisation est à peu près complète ; il reste seulement à la partie supérieure un petit trajet fistuleux qui donne à peine quelques gouttelettes de pus.

Dans le courant de février la petite fistule s'était fermée et on pouvait considérer le malade comme guéri de l'abcès symptomatique contre lequel avait été dirigée l'intervention chirurgicale.

Malheureusement son état général ne s'est pas amélioré ; la lésion pulmonaire s'est très-notablement aggravée, et en avril on constate aux deux sommets des signes d'excavation pulmonaire.

Il s'affaiblit de plus en plus, il a des sueurs profuses et une expectoration abondante.

Vers la fin du mois de mars, il se plaint de nouvelles douleurs le long de la colonne vertébrale, et le 10 avril, on constate au-dessus de l'angle de l'omoplate à gauche la formation d'un nouvel abcès, son siège si éloigné de la lésion primitive établit bien son indépendance et il ne pouvait provenir du point primitivement traité.

Les symptômes de la phthisie s'aggravent, fièvre hectique, vomissements, sueurs profuses, et le malade succombe dans le dernier degré de la cachexie le 8 juin 1878.

L'autopsie n'a pu être faite à cause de l'opposition de la famille.

Obs. III. — Mal sous-occipital. — Abcès par congestion. — Ouverture. — Pansement de Lister. — Amèlioration.

Sousmier (Blanche), âgée de 27 ans, couturière, entrée dans le service de M. Panas, à l'hôpital de Lariboisière, salle Sainte-Marthe, n° 26, est une fille de complexion délicate. Elle a eu dans sa jeunesse, des manifestations strumeuses. Malgré cela, elle a joui jusqu'à l'âge de 20 ans, d'une assez bonne santé. A cette époque, elle aurait eu un œdème généralisé et des accidents cérébraux ; mais il est difficile d'après ces renseignements de rapporter à une cause probable ces diverses manifestations. Actuellement elle n'a pas d'albumine dans les urines et ne présente aucun trouble cardiaque.

Quoiqu'il en soit, elle s'est rapidement rétablie et a repris ses occupations ; huit mois environ avant d'entrer à l'hôpital, elle a fait une chute dans les escaliers de la hauteur d'un étage. A partir de ce jour elle a commencé à éprouver des douleurs dans la région cervicale, douleurs qui ont été en augmentant mais qui ne l'ont pas empêchée cependant de se placer comme domestique. Mais après une nouvelle chute qu'elle fit vers cette époque, les mouvements de la tête sont devenus impossibles, les douleurs plus violentes, avec irradiation le long de la colonne vertébrale et elle a été obligée de suspendre son travail pour entrer dans le courant de février 1877, dans le service de M. Ball, à l'hôpital Saint-Antoine. A cette époque, elle portait dans la région cervicale du côté gauche, dans le triangle sus-claviculaire une tumeur arrondie située profondément, du volume d'un doigt. Cette tumeur était très-résistante et ne donnait aucune sensation de fluctuation.

Nous vîmes la malade à cette époque et nous attribuâmes le développement de cette tumeur à une exostose déterminant les irradiations douloureuses dont nous avons parlé le long de la colonne vertébrale. Elle avait en même temps un certain degré de rétraction des muscles du cou de ce côté, ce qui déterminait un torticolis assez prononcé.

La malade fut soumise au traitement par l'iodure de potassium, ce qui n'amena aucune modification, du reste, elle quitta bientôt l'hôpital.

Le 20 avril de la même année 1877, elle vint à Lariboisière où elle fut reçue dans le service de M. le professeur Panas. La maladie avait déjà fait des progrès ; la tumeur du cou était devenue plus volumineuse et nettement fluctuante.

En même temps l'exploration directe de la colonne vertébrale faisait reconnaître l'existence d'une altération des premières vertèbres cervicales. La pression sur leurs apophyses épineuses déterminait une douleur très-vive, de plus, l'altération des surfaces articulaires avait rendu très-difficiles les mouvements de la tête que la malade était obligée de supporter avec ses mains lorsqu'elle voulait la tourner d'un côté ou de l'autre. Les irradiations douloureuses étaient devenues de plus en plus pénibles.

Pendant tout le courant de l'année la malade fut soumise à un traitement général, l'iodure de potassium, l'huile de foie de morue, l'iodure de fer, et toniques de toute sorte sans amener aucune modification ; l'altération des surfaces osseuses allait toujours progressant et l'abcès augmentait de volume.

Pour immobiliser un peu la région et maintenir la tête, on lui appliqua une minerve heureusement modifiée pour la circonstance par M. Panas.

La pression sur le front était très-difficilement supportée, on plaça sous le menton un petit support formé d'une double pelote rembourrée et prenant son point d'appui sur la partie antérieure de l'appareil. Grâce à cette modification la malade supporta fort bien son traitement et peut continuer à se lever, la tête étant ainsi maintenue complètement immobile.

Vers le mois de novembre, l'abcès du cou était devenu tellement volumineux qu'il gênait la respiration et la déglutition. La malade ne pouvait plus mettre son appareil et était condamnée à garder le lit.

On allait se décider à intervenir lorsque subitement la collection purulente qui faisait saillie diminua considérablement, en même temps on constatait dans le creux axillaire du même côté, c'est-à-dire à gauche la formation d'une tumeur fluctuante qui augmenta de jour en jour, envahit la paroi costale externe correspondante au niveau de laquelle elle formait un relief considérable. Les accidents de la compression avaient disparu.

En décembre, la malade eut à plusieurs reprises des accidents aigus : vomissements, douleurs extrêmement vives, non-seulement le long de la colonne vertébrale mais encore s'irradiant d'abord dans le bras du côté malade, puis plus tard dans le bras du côté opposé.

On attribua ce symptôme à l'existence d'une pachyméningite cervicale qui se propagea car la malade qui n'a jamais eu d'altération de la sensibilité, ni aucune exagération des mouvements réflexes, fut atteinte de rétraction du membre inférieur gauche. La jambe avait pu même au mois de janvier être complétement fléchie sur la cuisse et dès qu'on essayait de l'étendre on déterminait une douleur excessive.

A la fin de décembre, les accidents que nous venons de décrire avaient à peu près disparu ; la jambe gauche seule était fléchie, mais la tumeur augmentait tous les jours, elle redevenait en même temps saillante dans le creux sus-claviculaire et les accidents de compression commençaient à reparaître.

Le 2 janvier 1878, M. Panas se décida à intervenir et à faire l'ouverture de l'abcès ossifluent par la méthode antiseptique de Lister. L'incision est faite du côté gauche sur la paroi externe du thorax, à un point correspondant à peu près à la quatrième côte.

Il s'écoule une quantité considérable de pus séreux mal lié, puis le foyer est lavé avec de nombreuses injections phéniquées à la solution au 1/20e. On place ensuite un drain volumineux par cette ouverture et on le porte aussi haut que possible. Il pénètre aisément dans la poche et remonte près de la clavicule. Il a 0,15 centimètres de longueur.

Le pansement de Lister est ensuite appliqué avec toutes les précautions d'usage.

Les jours suivants il s'écoule une grande quantité de pus. Le pansement est renouvelé tous les matins, le drain est lavé avec soin, e t de nombreuses injections phéniquées au 1/40ᵉ sont poussées dans le trajet.

L'état général de la malade s'améliore, les fonctions digestives s'accomplissent mieux et c'est à peine si de temps en temps la température s'élève à 38°. On constate aussi la diminution des douleurs.

Cet état persiste jusqu'au 27 janvier. A cette époque le trajet dans lequel on introduisait le drain chaque matin s'étant un peu rétréci, on en diminue la longueur; mais à partir de ce jour la température augmente de plus en plus au point d'arriver le 2; 3 et 4 février à plus de 40°.

Les douleurs réapparaissent.

Aucune négligence dans le pansement n'expliquant cette complication, M. Panas l'attribue à la rétention du pus ; un tube plus long et plus volumineux est introduit le 5 février, l'écoulement des liquides se fait mieux, ainsi que le montre la plus grande abondance de suppuration et la température redescend graduellement à 37°.

A deux reprises différentes on essaye de diminuer le drain, la première fois le 13 février, la seconde fois le 18. On constata à chaque fois l'élévation de la courbe thermométrique, laquelle retombe rapidement quand on passe un drain plus volumineux.

Le cas de cette malade nous paraît être un exemple bien frappant des accidents que cause la rétention du pus et de l'importance qu'il y a à bien assurer l'écoulement du liquide.

A partir de ce jour, la température retombe et on cesse de la prendre le 27 février.

L'état général continue à s'améliorer, la suppuration persiste mai elle a notablement diminué.

Dans le courant de mai les douleurs reparaissent et la malade a de la fièvre pendant quelques jours. M. Panas examine la malade et découvre qu'il s'est formé au niveau des 5ᵉ et 6ᵉ vertèbres cervicales sur la partie postérieure du cou et un peu à gauche, l'existence d'un nouvel abcès de la grosseur d'une mandarine et très-nettement circonscrit. Il est ouvert et traité par le pansement de Lister, le 23 mai.

Tous les symptômes s'amendent, la température retombe aux environs de 37° et le 19 juin l'abcès était complètement cicatrisé.

Il n'en est pas encore de même de la collection purulente ouverte au niveau de la paroi externe du creux de l'aisselle, elle donne encore

un peu de pus, mais en assez faible quantité pour qu'il ne soit nécessaire de renouveler le pansement que tous les 4 ou 5 jours.

En présence du bon état de la malade qui marche vers la guérison
on a essayé de remédier à l'inclinaison de la tête du côté gauche par
l'extension continue faite au moyen d'un serre-tête auquel on a adapté
un tube en caoutchouc fixé à un des barreaux du lit du côté opposé.

On a en même temps disposé sa couche de façon à l'incliner forte-
ment du côté droit afin que le poids du corps fît la contre-exten-
sion.

Le même traitement a été également appliqué au membre inférieur
gauche; la jambe était complètement fléchie sur la cuisse, l'extension
continue faite depuis le 2 juillet avec un poids de 3 kilogrammes a
suffi pour obtenir le redressement.

Aujourd'hui la malade n'est pas encore complètement rétablie,
mais son amélioration est telle qu'il est permis de prévoir une guérison complète dans un délai assez rapproché.

Obs. IV. — Coxalgie ancienne gauche. Suppuration. Apparition d'un
abcès froid au niveau du pli de l'aîne. Ouverture par le pansement de Lister. Guérison.

Ségur (Charlotte), âgée de 19 ans, blanchisseuse est entrée dans le
service de M. Panas à Lariboisière, salle Sainte-Marthe, n° 23, le
25 janvier 1877. Depuis un an cette malade éprouvait en marchant
une douleur sourde dans la hanche gauche. Bientôt elle commença à
boîter; les douleurs s'irradiaient dans tout le membre correspondant
et elle dut alors entrer à l'hôpital.

D'une santé assez délicate, elle n'avait jamais eu de maladie grave
mais avait eu des accidents strumeux, tels que gourmes, engorge-
ments ganglionnaires, suppurations de l'oreille. Depuis l'âge de 10
ans ils avaient complètement disparu.

Lorsqu'elle est entrée à l'hôpital on a constaté chez elle l'existence
d'une coxalgie du côté gauche caractérisée par la déviation du membre ; sa cuisse est fléchie sur le bassin et portée dans l'abduction, le
pied est dans la rotation en dehors.

Lorsqu'on la fait coucher sur le dos et qu'on essaye de l'étendre il
se fait une forte ensellure lombaire. En même temps la malade accuse une douleur continue au pli de l'aîne s'irradiant jusqu'au ge-
nou. Cette douleur est augmentée par les mouvements que l'on im-
prime au membre et par la pression qu'on exerce sur le grand trochanter ou l'extrémité inférieure du fémur.

Il n'y a pas de luxation pathologique, ainsi que le prouve une ligne
menée de l'épine iliaque à l'ischion et qui permet de constater que le

grand trochanter a conservé ses rapports normaux avec ces deux saillies osseuses.

Pendant toute l'année 1877 cette malade a été traitée par l'immobilisation dans une gouttière de Bonnet et par des appareils silicatés. Le traitement général anti-scrofuleux lui a été appliqué. Aucun résultat n'a été obtenu. La malade n'a pas même pu quitter le lit et les douleurs spontanées n'ont pas complétement cessé.

En novembre 1877 on la soumet au traitement par l'extension continue avec un poids de 3 kilogr. Une amélioration notable se produit et en janvier 1878 le membre a repris sa rectitude normale sans aucun raccourcissement. Les mouvements sont encore douloureux et la malade reste soumise à l'extension continue.

Vers la fin de février la malade qui allait de mieux en mieux et dont on ne s'occupait que rarement, accuse de nouvelles douleurs dans sa hanche gauche; elle est examinée le 7 mars et on constate au niveau de l'arcade crurale l'existence d'une vaste collection purulente; la peau est rouge, enflammée et paraît prête à s'ulcérer.

La malade est depuis longtemps très-anémique, mais ne présente pas de complications pulmonaires et ses fonctions digestives s'accomplissent bien. Aussi fait-on immédiatement l'ouverture antiseptique de son abcès qui est drainé, lavé avec la solution phéniquée au 1/20 est pansé d'après la méthode de Lister. Après l'ouverture on introduit le doigt qui fait constater de vastes décollements mais on ne peut arriver même avec un stylet sur une surface dénudée.

On n'observe aucune réaction fébrile, le pus s'écoule en abondance et les douleurs disparaissent rapidement. On fait tous les jours d'abondants lavages phéniqués 1/40, la suppuration diminue lentement à cause de l'étendue du décollement.

Nous avons revu la malade le 20 août, le décollement n'existait plus il y avait encore un peu au-dessus de l'arcade crurale une petite plaie de la largeur d'une pièce de 5 francs, dont le fond rouge était couvert de bourgeons charnus.

Le stylet ne pénétrait plus dans aucun trajet et il n'y avait plus qu'une suppuration insignifiante qu'on se contentait de traiter par un pansement simple à la charpie phéniquée.

Quant à la coxalgie elle est toujours traitée par l'extension continue et la guérison paraît aussi probable.

Obs. V. — Abcès ossifluent volumineux de la fesse gauche. Ouverture par le pansement de Lister. Amélioration.

Leullier (Pauline), âgée de 24 ans, femme de chambre, entrée le 27 août 1877, salle Sainte-Marthe n° 7, dans le service de M. Panas à Lariboisière. Elle a toujours été d'une faible santé ; elle a eu des accidents strumeux et s'enrhumait facilement sans arriver cependant à avoir des hémoptysies. Elle a eu une pleurésie à l'âge de 18 ans et la rougeole à 22 ans.

Il y a 3 ans elle a fait une chute sur le côté gauche ; depuis elle a toujours éprouvé dans la fesse du même côté une certaine douleur.

Lorsqu'elle est entrée à l'hôpital on a constaté l'existence d'u-tumeur volumineuse occupant toute la fesse du côté gauche et descendant en dehors jusqu'au grand trochanter.

Elle est indolente à la pression, sans changement de couleur de la peau, et on y perçoit une fluctuation très-manifeste.

Malgré l'état d'émaciation de la malade qui tousse et qui présente des craquements au sommet des deux poumons, M. Panas pratique l'ouverture de cet abcès qu'il traite par le pansement de Lister le 27 septembre 1877.

Par l'incision il constate la dénudation de l'os des iles sur une grande étendue.Une suppuration très-abondante s'établit, mais le pus se vidant mal deux nouvelles incisions sont pratiquées dans le courant de décembre, et un drain est placé dans chaque plaie.

L'écoulement des liquides est tel qu'il faut renouveler le pansement tous les jours et laver les trajets avec la solution phéniquée au 1/20.

L'état de faiblesse de la malade est si grand qu'elle ne peut quitter le lit et le pus secrété en si grande abondance irrite sans cesse les tissus et il se forme une eschare au niveau du sacrum.

A plusieurs reprises en février et en mars 1878 le pansement s'esr dérangé, l'abcès s'est infecté et on a eu des accidents fébriles caractérisés par une température de 39°.

Ils ont cédé à l'emploi du salicylate de soude (4 gr. par jour) et aux injections de chlorure de zinc 1/10.

L'état général s'est progressivement amélioré, la suppuration a diminué et au mois de mai les eschares étaient guéries et les fonctions digestives s'accomplissaient bien.

La marche favorable de la maladie a continué, la malade a quittée le lit dans le mois de juin et dans le mois d'août nous l'avons vue se promener dans la salle.

Les trois incisions sont converties en trajets fistuleux qui suppurent encore et au fond desquels le stylet arrive sur des surfaces osseuses dénudées. L'état des poumons ne paraît pas s'être aggravé.

Dans ce cas, bien que la guérison soit encore bien loin d'être obtenue, on ne peut contester le grand avantage qu'a retiré la malade de l'intervention chirurgicale, puisque en effet au lieu de dépérir, elle peut aujourd'hui se lever et se promener. Elle est mise à l'abri de complications par l'application du pansement antiseptique de Lister, qu'on lui continue en le renouvelant seulement tous les deux ou trois jours.

Nous avons pu avoir au dernier moment les renseignements suivants sur un malade traité dans le service de M. Panas, à l'Hôtel-Dieu.

### Observation VI.

Le nommé X..., salle Saint-Julien n° 10. Entré au mois d'octobre 1878, il était au mois d'avril 1879 dans l'état suivant :

Sur la base du sacrum sont deux trajets fistuleux donnant issue à une quantité abondante d'un pus séreux dans lequel on trouve des parcelles osseuses de temps à autre. On sent dans cette région une tuméfaction profonde, dure, faisant corps avec la partie inférieure de la colonne lombaire et la base du sacrum.

Vis-à-vis du grand trochanter gauche se trouve une poche fluctuante, formée à froid. Une ponction capillaire montre qu'elle contient du pus. L'intégrité de l'articulation de la [hanche, du grand trochanter et de l'ischion permet de supposer que ce pus tire son origine du foyer vertébral déjà indiqué.

Pas de paraplégie. Etat général mauvais.

C'est dans ces conditions que M. Panas entreprit la cure de ce malade.

Une incision en T, fut pratiquée sur la base du sacrum réunissant les trajets fistuleux. La peau se trouvait décollée dans une grande étendue. L'écartement des deux lambeaux obtenus par cette incision met à nu un foyer très-étendu dans lequel se trouvaient du pus séreux et quelques séquestres.

La paroi antérieure de ce foyer était formée par le sacrum non dénudé dans ce point ; mais à la partie inférieure le foyer remontait plus haut vers les vertèbres lombaires.

Pansement de Lister.

A partir de ce moment le pansement fut fait tous les trois jours, et chaque fois précédé d'irrigations abondantes du foyer avec de l'acide phénique au 1/20.

A la fin du mois de juin de la même année la plaie était cicatrisée, la poche trochantérienne avait disparu. Le malade pouvant marcher partit pour l'asile de Vincennes.

# CHAPITRE V.

## CONCLUSIONS.

1° Il est des cas dans lesque l'ouverture d'un abcès froid symptomatique est nécessitée par la marche de l'affection.

2° Dans ces cas, l'ouverture par la méthode antiseptique de Lister met le malade à l'abri des complications qui entraînent le plus souvent une issue fatale lorsqu'on emploie une autre méthode.

3° La possibilité d'écarter les accidents permet d'intervenir dans un plus grand nombre de circonstances, et de remonter souvent jusqu'à la cause même de l'affection qu'on peut alors attaquer par les moyens appropriés.

4° Dans tous les cas, la décomposition des liquides par le contact de l'air et la rétention du pus, causes fréquentes d'inflammations, de septicémie et de pyohémie, sont complètement évitées.

BIBLIOTHÈQUE NATIONALE R.F.

# TABLE DES MATIÈRES

A. PARENT, imprimeur de la Faculté de Médecine, rue Mr-le-Prince, 31

www.ingramcontent.com/pod-product-compliance
Lightning Source LLC
Chambersburg PA
CBHW061643180626
46818CB00003B/942